大葉楠

新詩選集二

王淑棉——著

Pictures——黃國書。翁銘宏

Cover——黃瑾瑜

New poetry anthology / 02

目錄

第一章　不回頭……9
第二章　十二月……21
第三章　窗口仰角……35
第四章　想歸零的風……49
第五章　對黑的嗅覺……63
第六章　元月下旬……77
第七章　臨時湊出的勇氣……91
第八章　不敢張揚的你……105

第九章　桂花香……119
第十章　夜生活……133
第十一章　興風作浪……147
第十二章　春的習俗……161
第十三章　虛虛實實……175
第十四章　窗口外的蟲鳴……189
第十五章　美化一個念頭……203

大葉楠植物園

大葉楠植物園，1991 成立，海拔 520M

台南市白河區關嶺里南寮 64 號 /175 號公路 7.9K

自序

◎本人西元 1993 年進入高智 2009 年從高智退休。

◎本詩集 從第一篇 2004/5/24 到最後一篇 2009/7/15
其編列方式 全部依時間先後順序排列。

◎本詩集的創作背景是高智
取材 幾乎來自高智 少許來自高智附近地物。
篇幅撰寫 都在高智教室 那盞小檯燈下完成。

◎本人自高智退休以後 就沒有再寫了
因為高智那座夢幻 8 字型天井 是我詩作搖籃
離開它以後 就不想再寫了。

◎當時蓋高智的建築師蔣紹良 堪稱建築界大師 他太了不起了。

◎高智的全名「高雄市立高雄啟智學校」
不久前改名「高雄市立高雄特殊教育學校」
雖然改了稱呼 本詩集篇幅 我還是稱高智。
因為已經幾十年的習慣 一時間 改不過來。

◎本詩集的圖片 一概為高智校園照片 由黃國書校長拍攝。
高智涵蓋三個階段：國小部 國中部 高職部。

◎黃國書小檔案：

1 民國八十年（1991）進入高智。

2 擔任國小部教師三年。

3 擔任國中部教師十二年。

（前三年一般教師 後九年兼設備組長）

兼設備組長期間 籌措奠定學校各種專科教室

譬如：烹飪教室 美髮教室 洗衣教室 教具室

復健教室 休閒教室 電腦教室⋯

黃老師是個電腦高手 把學校電腦相關設備弄得很齊全

讓老師們 得以輕鬆撰寫編印 各種教學資料。

4 民國九十年（2001）黃老師拿到教師最高榮譽「師鐸獎」。

5 擔任高職部教師六年（兼學務主任四年 教務主任兩年）。

6 擔任高智校長七年 在高智年資滿二十八年（2019）。

這是高智 8 字型天井　及周邊三樓建物

8 字中間　彩色柱子上方　就是天井的天橋

圍牆用磚塊砌成　預留的空隔　可讓時光穿梭

這是高智玄關　往前幾步就是校門

從玄關進入幾步　就是 8 字型天井

第一章　不回頭

不回頭

淡淡的陰
若有若無的雨
彼此 成就又牽就

被寂靜折衝過的風
於枝頭上來回撥弄

落英 雖輕盈
卻擔待 生與死的負重

雖不懂 諸多道理
卻知曉 不回頭的距離

2004/5/24

註：落英—高智那排豔紫荊
常掉落滿地粉紫色落英
它們永遠不會再回頭了

註：不回頭的距離 是零也是無限

不必缺席

枯萎的言語
沒有被沉默放棄
妥協的陰影下
還保留著孤立
那個我　投奔了自己
那個位置　可以不必缺席

2004/7/26

三角邏輯

朝陽｜
有些莽撞
還不致擾攘

套用｜
三角邏輯
支撐起　傾斜的思緒
臆測著　無色的沉默

2004/9/24

註：三角邏輯｜
（手臂　手肘　手掌）
用手臂　手肘　手掌｜
　支撐著頭顱比較舒服
　它們永遠不會再回頭了

秋陽

肩頭
只洽接
相對的負重

眉目
新推出
付費的清醒

秋陽
一味遁入
醉的最高層次

色彩
純屬過渡
在濃淡間模糊

2004/10/13

一抹夕陽

排除前後 屏退左右
與一抹夕陽
拂面掠過—
我沒有要求更多
他沒有進一步解說
但覺夕陽
重在了卻
輕於了解

2004/10/18

思想起

天空被打掃過
徒留一輪橢圓的月
銀光的觸鬚—
與靜默的波濤追撞一起
一陣冷顫
觸動了開關
〝思想起〞的病毒
是否也把月兒感染

2004/10/13

註：於高智8字型天井的天橋上—
（8字型天井周圍是三樓建築物
於三樓處的8字中間有座天橋）

窗外的秋夜

是誰
得以配備
如絲如縷的雙翼

它—
軟化了眼前的空氣氣
架空了膠著的話題
撩撥著遙不可及的言語

讓感覺的層級
銜接了窗外的秋夜

2004/11/4

註：晚間於高智三樓教室
門前就是 8 字型天井

立冬前

立冬前
天井裏的小黃花
把秋夜囊括於掌中
並　野放一群　倦怠的風

夜籟響起　伴著秋情
逐步竄升的秋涼
好像　注入　過多寧靜

2004/11/5

註：天井— 8字型天井
　天井內有綠色草皮
　草皮內有一種野草
　會開淡黃色小黃花

牆上日曆

不經意翻著　牆上日曆
足夠的涼意　風顯得多餘

在分秒必爭下　挑著燈
在坐擁唯一裏　守著夜

不是要上戰場
是孤獨的面積太小
是清醒的價碼太高

2004/11/17

註：於高智三樓教室

水泥地

想接濟—
貧困的水泥地

透過眼線—
輾轉　來到桌面

改善了　視角的品質
美化了　人格的溫度

2004/11/26

註：於高智校園內的水泥地上
　撿一片紅綠相間的樟樹落葉
　刻意把它擺在工作的桌面上

第二章　十二月

十二月

一點點猶豫
自願放棄它的權利
只藏放　對美的仰望

十二月
刪去它的自白
挪出部分空白
讓雨滴　不受阻地滑落

2004/12/3

註：於高智校園——
　見柱子有水珠滑落
　碰到阻礙就消失了
（晨間下了微量雨）

可搬動的樹

夜—
把借來的光
獻給那棵　可搬動的樹
把冰凍的熱
置於　適合保溫的窗口
把焦點　瞄準在
由來已久的交叉路

2004/12/22

註：逢聖誕　學校搬出—
一棵　人造聖誕樹—
每年都擺在同個位置

穩住高智的四大柱子是 8 字型天井的中流砥柱

四根柱子 貼的圖案內容是甚麼 第十五章有交待

教室是六角形的 以有限空間 揮灑無邊際的想像力

四大柱子上方的天橋　是拱形的　加強堅固性之外
更具美觀效果　那是一座　可以和上帝溝通的橋樑
天井上空　以前空無一物　彩飾是後來才掛上去的

門路

有 溫熱
來手邊報到

有 禮物
於四周環繞

有 門路
走訪 黑白的源頭
觸摸 單純的形狀
觀測 孤獨的顏色

2005/1/25

註：晚上 來到學校教室
端著剛泡好的熱咖啡
邁向 8 字型天井的天橋

打開所有窗檯

姑且打開
所有窗檯

引進—
淬鍊過原始的夜涼
浸泡過星子的夜色

任　寧靜　為自由把脈
任　自由　將寧靜合併

用等待　買來的急迫
獨享　滿屋子的輕飄

2005/1/29

註：於高智三樓教室—每晚八點到十點
　習慣到學校教室　校門於十點關閉
　十點前得離開　必須珍惜這兩小時

半個黃燈

越過一線之隔
倚著空心欄杆
放眼缺乏內含的前瞻

沿路—
凡夫與俗子
咖啡因與尼古丁
熙熙攘攘

途中—
略微拮据的品性
闖了 半個黃燈

2005/1/9

註：下班回家

天空的園丁

夜天空的園丁
提前結束今夜勤務

圓弧型的天井
無一顆逃漏稅的星

清澈的視線
於小熊星座
繞了數圈——
沒有重複的圓

2005/1/12

註：晚上於高智 8 字型天井
的跑道上漫步（天井內
有個浪漫的 8 字型跑道）

第一個轉角

夜—
拿一把黎明前的黑
換一場不得退貨的白晝

一個—
比黎明更早破曉的夢
已整裝 趕一程
經一顆小水珠燙直的路

不怎麼遙遠—
就在第一個轉角的銜接處

2005/3/9

橫掃四月天

一張——
租賃光陰的契約
一套——
籠絡日子的工具
一面——
通緝春風的窗口
強大的火力
足以橫掃四月天

2005/4/2

有迷途的權利

仗一次清明
坊間　憑添了　幾許話題

三選一
擇取—
讓靈魂更立體
讓跟隨的影子
更不離不棄的出擊

那廝　將造物層次提升的人物
頂著清明時節　有迷途的權利

2005/4/5

註：人物（一隻棕螞蟻）
　棕螞蟻是最佳的清道夫
　也是造物了不起的傑作

春風的罷工

週末奚落月末
沒有彼此提挈

得逞的熱浪
讓站崗的立扇　若有所思
讓熙來攘往的門窗　有口難言

藉一個　立場不夠明朗的　午寐
襯托　四月的淪陷　春風的罷工

2005/4/30

第三章　窗口仰角

這個太極圖的三個圓形　是由堅實磚塊排列而成
是國書校長讓它凸顯曝光　因為以前上面一直擺著
一個大盆栽　加上六個方形花圃的花草　將它整個掩蓋

高智的走廊非常寬敞　上面有作文章的空間　歷屆校長都沒發現　國書校長發現了　在上面畫了兩條黃線　因為國書是高智的原住民（高智年資28年）

窗口仰角

臨走前
季節給天井一些叮嚀

那扇—
將 時光 燈光
繫在一起的窗
窗口仰角
有弦月進出
有不捨撤離的節氣潛伏
有不隨意張揚的幽香
有不現形的關懷
有具體的祝福

2005/5/14

註：夜間於三樓教室—
教室西牆有一扇窗
幽香（武竹的花香）

一枝獨秀

不講究
一枝獨秀—

高度與夜色相當
長度與分秒相仿
沒有把沉默揭穿
沒有讓寂靜停擺

於一個隱瞞上蒼的抉擇中
投注了些許叛逆
賺進了超出預算的逗留

晝夜　以有限的弧度
為它規劃一個　無垠的明日

2005/6/10

註：一根新抽出的武竹嫩芽
種在本人教室的前陽台

墊著腳尖走過

調高　心情弧度
埋入　咖啡密度

苦苦的滋味　淡淡地感觸
毋庸深深啜飲　卻可濃濃呼出

人生　有些惑
時而　墊著腳尖　走過

2005/6/13

註：晚間　來到學校
走路　不發出聲音
希望　當個隱形人

那扇窗

想一睹
得以讓靜謐現身的神秘

特別是入冬以後
習慣坐看　把朝陽引來的那扇窗
觸摸　卡在衣裙上的近
拼湊　滲透到棉織纖維裏的光

喜愛　被複製的每一天
更愛　在複製裏重生的每一眼

仰著　密集的鼻息
把一切裏的一些
不論深淺　逐一探勘

2005/11/30

黑咖啡

一天的第二度開始
由　原味的黑咖啡　接棒

它
樂於掩護生活戰場的逃犯
擅於窩藏有保護色的徬徨

它的敏感度
參透不出　咖啡的濃度

2005/12/12

註：一天的第二度開始—
（晚間八點至十點）
習慣在這個時段到學校

北風

由斷續的北風帶頭
寄予一團　冷靜的忙碌
加入　日益茁壯的孤獨

不談隨時或永遠
彎腰或側身　日子不曾間斷
時而　搖曳著裙擺
時而　把已集中的枯葉打散

2005/12/21

註：常常打掃教室走廊
註：走廊寬敞又位居三樓　常有陣風吹送
　走廊圍牆上方　有寬闊的平台　平台上
擺放著不少盆栽　走廊常有枯葉掉落

翠綠

一撮貼著地的翠綠
攙扶一束鬆弛的眼力

雖然可以輕易遠眺天際
卻沒有把焦點擴散出去

雖然可於瞬間登峰造極
卻任由氣息環繞著低靡

顧忌的—
是不願觸及的三言兩語
姑且就地編纂—
一天與一生的交集

2006/1/19

註：從三樓教室的前陽台
看8字型天井的天與地

樓閣

由斷續的北風帶頭
有些煩瑣
由門縫被遣走
致使樓閣
凝聚著安份
籠罩著安和

原本　屏息的沉寂
因之　去除了分歧

不再盲從的被動
於是乎　演變成一種旋風

2006/1/19

註：樓閣（高智三樓教室）

已跨過早春

已跨過早春
尚未攀登到深夜
趕來一波
緩不濟急的冷冽

讓黑—
多了一層支持性保護
讓暗—
少了一些可能性支出

讓黑夜的底線
有足夠馬力穿越—
自從掉落到人間的每一天

2006/3/2

省思

與冷無關
源自三月—
最後一次省思

拿一個—
想要迴避的字眼填補
藉一次—
無濟於事的感觸充數

在一盞　暖色燈光　見證下
三月　捲走　最後一陣顫抖

2006/3/31

註：教室桌面上那盞小檯燈
是我最忠實的工作夥伴
晚上我只開桌上小檯燈
不習慣開其它的燈－

第四章　想歸零的風

高智每年的校慶　都在 8 字型天井內舉行

在這樣的氣氛下舉行校慶　肯定多采多姿

8 字中間　彩色柱子上方的「拱形天橋」
紅色跑道裡面　太極圖外面的「拱形綠地」
兩種拱形建物　是我以前最著迷的兩個地點

句點

一陣──
想歸零的風

曾撫過朝陽的 第一線曙光
曾參與無數次 春風的差事

憑一次 突然又刻意的失足
擇一處 被視為終點的盡頭
掛上一塊 請勿打擾的招牌
畫下一圈 被稱為句點的圓

2006/4/10

註：於三樓教室走廊──
高智走廊寬敞舒適
常會颳來陣陣涼風

一廂情願

多半在朝陽的參與下
或在白晝開始走下坡的忐忑中
與它保持　瞬間的　沒有明天

也曾在不拘泥時辰的閒蕩中
刻意在它的跟前或一旁小立

它的展現
莫非是一廂情願

2006/4/15

註：它——
高智 8 字型天井裡的小黃花
總是在最燦爛繽紛時被割除
「拱形綠地」是小黃花的根據地

可折舊的歲月

風雨　沒有繼續堆砌
雲層　沒有理由散去
爬到　適合休憩的高度

拿一朝
貫穿終日的陰
兌換一疊
有憑據　可折舊的歲月

2006/4/19

註：仰望天井長空
　　評比春日價值

不經意

造物在不經意中
洩露了它的底細

把零　完全吸收再又傳播
裏頭　有無限規矩林立著

點點隱約　若星羅棋佈
黏黏膩膩　卻完整獨立
瑣瑣碎碎　卻絕對唯一

係——
生命淌進後
動起的干戈

2006/4/20

註：於高智校園內見一個
　長滿茂密苔蘚的盆栽

春的籌碼

自一個形象模糊的瞌睡逃出
隨身攜帶的春的籌碼已用盡

殘缺不全的朝氣
於轉角的叉路
與路人分道揚鑣

徒留一襲—
祇配搧動小草的風
徒增一陣—
只能與裙擺過招的沉悶

2006/5/2

註：於高智校門前馬路

後花園的端午

把兩度進出
併作一次重複

後花園的端午
正午與午後的差異
隔著一朵花的差距

可從眼前　量化遙遠
再從遙遠　追悼永遠

曾窺視　一個剎那
輕盈得　像顆飛絮

2006/6/1

註：後花園（三樓教室的
後陽台種了兩個盆栽）

嘆氣

幾度　隨機冒出
總是　滋味一致

將一席　半途而廢的嘆氣
移作　腦筋急轉彎的換氣

不宜　訴諸言語
否則　會褻瀆這份靜謐

2006/6/28

註：緬懷　黃國書老師
　被調離＂資源中心＂
註：資源中心　又稱電腦教室
　那是我最常前往的地方
因為那裡有一股悠悠然旋律
黃國書老師　對音樂的品味
很符合我的胃口及心跳節奏

那一眼

那一眼
不以為意
令見聞
得以附和脈搏的起落
令視覺的濃度
得以銜接弦月的皎潔
令一口
被嚥下的氣息
得以和空氣和解

2006/7/4

註：晚間於 8 字型天井

正在打坐的悶熱

透過一顆極微弱的星斗
獲悉　七月　初臨的心情
整座被雲朵加邊的天井
匯給月光　適量的燈光

丁點微風
被幾根汗毛偵測到
殃及　正在打坐的悶熱

2006/7/4

註：天井（8字型天井）

無悔

不借助數字的數說
充斥於—
被虛無佔滿的空格

擱在方寸之內的
隔著一個念頭
附加一趟回首

想跨出或越過的
隔著一扇門扉
附加一個無悔

2006/8/23

第五章 對黑的嗅覺

中間這棵枝葉茂密的大樹　是高智僅有的
一棵玉蘭　它不怕孤單　它從不生病　它常
常開花　它是完美的化身　它是高智的福星

教室走廊很寬敞　學生可在上面走路　跑步　騎車

做早操　滑直排輪…可過癮地繞 8 字型天井一大圈

一二三樓走廊都一樣都有　相同功能　可當運動跑道

對黑的嗅覺

來到一處
會讓腳步躊躇的坡路

和一股被夜染色的幽香碰頭
身旁的氣流　好像有話要說
卻隔著　被暗包裹的輪廓

為了減少　被想像誤導
得強化　對黑的嗅覺

2006/9/6

註：幽香—高智有棵高大的玉蘭
附：2006/8/1 本人的教室從三樓—
　　換到二樓　高智唯一的那棵玉蘭
　　離我的教室不遠　此後我們常碰頭

眼角的事件

在一個句點
休憩的段落
視線突然少了準頭
卻多了意外一則

無關得與失
祇是—
空氣減輕了壓力
陽光多了些色澤

不該說是收穫
祇是—
在直行的平面
添加了眼角的事件

2006/9/14

路過

路過一處
會讓脈搏——
放棄原則的場合

形影
於遠近間切磋
沒能扣留
淪陷前的瞬間
沒能通過
驚鴻一瞥的失落

2006/9/14

註：下班後高智的活動中心很熱鬧
很多羽毛球高手在那裏飆球技
每天下班總是從邊邊路過（較近）
對羽毛球一竅不通頂多駐足看一下子

中秋

秉著——
已跌停的心情
翻閱——
每個類似重複的日子

從中秋分出的脈絡
日子得以表裏如一
即使有汗珠被擠出
也不想立即擦拭
即使想發動干戈
連自己的影子都不配合

2006/10/1

短暫

與片刻時辰
營造一室富裕的孤獨

與一座燈盞
分享室內室外的夜闌

還有一些
有的沒有的
擁抱著滿眼
難以割捨的短暫

2006/10/6

註：每晚（八點至十點）
習慣到學校教室
習慣在十點前離開
但覺兩小時轉眼即逝

今夜的派對

把從上一分鐘—
逃出的衝動拉回

與一席—
等在路口的幽靈攜手
加入今夜的派對

有幾句—
從晚秋的靜謐
滲出的夜語
有些許—
由神秘的旋律
走漏的消息

2006/10/28

註：幽靈（高智玉蘭花香）

晚秋的最後一夜

晚秋的最後一夜
有一些未了結的細節

一束—
傍著眼光的微光
加諸於已超載的徬徨

一則—
起落不定的微波
遁入不必回頭的遼闊

2006/11/6

註：2006/11/7 立冬
今年秋季已結束
永遠不回頭—

昂貴消遣

不算奢求
卻有些奢侈
消費的——
既免稅又免費

時而在休止段落
點綴著昂貴消遣
〝把平面璀璨
化為立體讚嘆
把匍匐情愫
扶搖直通頂峰〞

2006/11/28

微風

讓地球持續轉動
的微風—

把輕柔化為腳步
將虔誠換作速度

胸懷滿腔謙卑
憑藉滿心愉悅
循向各方因緣
輕鬆—圓融—
所屬的角色任務

2006/12/13

註：於高智教室走廊
註：教室走廊　寬敞舒暢
　可環繞 8 字型天井一周
　常有微微輕風在廊上搬弄

冬天的本色

把幾則無關信仰的執著
湊成一次不妥協的罪過
曾被瞬間的憧憬給喚醒
又被一貫的平靜給帶過

今個朝夕—
有冬天的本色
祇是欠缺—
拿下那件冬衣的動機

2007/1/18

第六章　元月下旬

教室東牆不高　上部都是窗戶　這是很重要的建築設計
以前我二樓教室的東窗　剛好在左邊這棵健康樟樹旁
想像：東窗　綠葉　朝陽　春風　四者間的天作之合…
看來國書校長很重視草地　以前這裡有一些遊樂設施

在四根大柱子鞏固下　在兩排燈光襯托下的天橋
想像：夜間　燈火全熄　全校空無一人　有幢黑影
獨自在天橋上晃動（那是我退休前常出現的畫面）

元月下旬

為了搭配寒流
動用了黑的裝束

取得沒有門禁的黑的掩護
把昨日直接嫁接給今日
尚有不加掩飾的風霜加入

因之得以輕鬆貼近
元月下旬的生活寫真

2007/1/25

窗口內的伊

晨間的寒意逐步退去
把相關的事宜託付給
已延攬一身承諾的風

風—
秉持所向披靡的專利
與朝陽　彼此圖利—
〝逐一讀遍　正反兩面的葉片
　把不同層級　所炒作的朝氣
　從零到一　送給窗口內的伊〞

2007/2/1

註：二樓教室窗外
　　有棵美麗樟樹

一排面東的窗

由斷續的北風帶頭
一排面東的窗
不曾姑息它的職務

從一貫作業中
為隆冬最後一次晨曦
作不費吹灰之力的推舉
—把囊括來的色彩
—順手隱藏在無風狀態

2007/2/3

註：2/4立春
教室東牆不高
上部都是窗戶

靜謐

想一再提起
這份靜謐
從無須感受
到刻意挑撥
喜歡在它的監視下罷工
也曾在它的捍衛下
乍見　孤獨的遼闊

2007/2/8

註：晚間　全校空無一人—
（視野外的警衛除外）
8字型天井視野遼闊
沒有絲毫人為的聲音

一顆早星

與隨心所欲的情緒
分享高檔級的贈予

在它的催促下
不假思索 更上層樓

逢分叉 不驚動路口或選擇
行進間 不涉及左右與前後

但見—
彈性疲乏的雲層
偕同一顆早星
連手矮化了天庭

2007/2/8

註：登上 8 字型天井的天橋

早春的腳步

幾陣輕風吹起
擾動了幾許
朝陽接洽的綠
洩露了早春
無意撩起的神奇

從交手到鬆手
有靜態的顫抖加入
另有一絲—
不想再碰觸的回顧
尾隨著早春的腳步

2007/2/10

註：於高智停車場—
它是個充滿陽光　輕風　綠意的地方
隔壁是凱旋國小的大操場　沒遮攔

沾著三月的春雨

朝陽的光澤帶著少許
惟恐冒犯昨夜的顧忌

沒有受到壓抑的壓力
輕易擷取各路的鳥語

經制度切割後產生的門戶
有過門不捲入是非的沙塵

一支缺乏地域觀的竹掃把
沾著三月的春雨就地揮灑

2007/3/26

註：昨夜下雨 門廊有積水
註：常常比同事早到學校
打掃大家共用的門廊
壓力（希望其他人還
沒到之前把地掃完）

三月的存貨

拜午後掠奪的
三月的存貨——

有埋藏在衣襟裏的寬鬆
有置放於入夜後的闊綽

有進化完全的黑
有恰到好處的暗

2007/3/29

註：於高智二樓走廊
　走廊寬敞舒暢
　常有陣風吹送

天井的夜景

自身難保的上弦月
與自慚形穢的星子
共同撐起天井的夜景

為了搭配—
夜字輩的排列
在空中樓閣的正前院
有縮頭縮尾的夜來香徘徊

2007/4/24

註：校園裡那棵玉蘭又開了
玉蘭花我稱它為夜來香

沒有邊界的願

向 8 字型天井
投下了不計其數的半圈
橢圓的月鑲著橘黃的邊

橫亙的晚雲壯如山嶽
封鎖了天空的一夜情

在月娘的見證下
許了一個—
沒有邊界的願

2007/4/30

註：8字型天井有個 8 字型跑道
晚間 習慣獨自在上面漫步
向來 只繞 8 字的半邊圈—

第七章　臨時湊出的勇氣

屋頂上的藍天白雲　剛好搭配 8 字型天井
的造景（草皮　跑道　盆景　藍綠輝映）
別出心裁的圍牆（透氣　通風　美觀　又有盆景）

左手邊枝葉茂密的幾棵樹　是我以前二樓教室
後陽台　眼下的茄苳樹　圍牆外有綠牆　綠樹　綠牆
綠地　是高智的福氣。環繞高智校園的圍牆　都用
磚塊砌成　都有空隔　美觀之外　容易翻越（對我來說）

臨時湊出的勇氣

天地藉它的使者
表達具體的意志

時間由必經的程序中加入
從少不掉的過程中被沖淡

再次造訪
顯的渺茫
必須消耗一些
臨時湊出的勇氣

2007/5/13

註：高智附近　鐵路旁邊—
有處人跡罕至的公園

登高的夜

整裝後
更上層樓

登高的夜
藉視野　回應視覺
遠到的風　被跟蹤

滿眼　被微風喚起的靜寂
依樣　沒能擺脫　滿腔悶熱

2007/6/20

註：於 8 字型天井天橋
　　雖說心靜自然涼
　　卻還是很悶讓

幸好

幸好 天空夠寬闊
足以安置 滯留枯坐的雲朵
或任由 迢迢千里追名逐利

幸好 天空不攜帶情緒
否則 如何了卻
不動聲色的聚散離合

幸好 雲朵長袖又擅舞
否則 漫漫長空 有誰與共

2007/6/27

註：於 8 字型天井

晨曦

想充分落實　這份抬舉
衷心體會　隨心所欲

每根負責感嘆的毛細
無不　卑躬屈膝　參與

些許　曝光不足的負面思慮
無不趁機　擴張它的表面積
吸取　被綠蔭調教過的晨曦

2007/7/4

註：教室東面窗戶
與窗外的樟樹
迎來美麗晨曦

滿月前

遁入絕佳的溝通狀態
有　不提也罷　的瀟灑

陰曆十三
已來到滿月前的敏感

少有的意外
由　不過問俗事的窗口提出
經　不提供記錄的月兒宣佈

2007/7/26

註：晚間　教室窗口外　有月色徘徊
8　字型天井上空　有顆橢圓的月

往者已矣

不少於每一次
也不多出　可能的辜負

對立　並非源自四季
復原　也非巧逢因緣

償清了　頂立在陽光下的債
逐次褪除　重新來過的脆弱
漸次走出　往者已矣的面積

2007/7/26

註：教室後陽台外的幾棵茄苳樹
已度過枯黃期（生病好幾年）
眼下　又呈現滿滿一樹的翠綠
每次去後陽台　不免多看幾眼

註：茄苳樹很神聖　有本事驅走病魔

邂逅

沒仿傚　到此一遊
多半是　隨波逐流

憑一口　與生俱來的氣息
依附　與點頭無關的順服

由路旁　提供的好處
支付了　邂逅的全部

2007/7/29

註：晚間從學校回家—
於路邊公園小憩—
見一輪明亮的圓月

與天空談條件

以內含為優先的終日
尚未　停止　它的恍惚

草木　屏息以待
聆聽　風的歌詠

那撮　提供夜晚棲息的樹叢
憑豐厚曲線　欲與天空談條件

2007/8/3

註：於教室後陽台

某個念頭

雲朵 降至 墮落的高度
與夜空 維持 君子互動

裹足不前 是夜間的特權
祇准許 穩重地就地溝通

一種 被稱作欲望的元素
自 開放的禁忌中走出
想為 某個念頭 單打獨鬥

2007/9/4

註：於高智 8 字型天井

心無旁騖

好比是　下半天的晨間
倘若　有緣人　引薦
可享有　居中的特權

在它的庇護下
孤獨的層次—
會依情勢爬升

心無旁騖—
會超越各種速度
能直通　黑與暗的頂峰

2007/10/17

註：它（晚上八點至十點）
　是我在學校逗留的時段
　我稱它為下半天的晨間
　因為神清氣爽心無旁騖

第八章　不敢張揚的你

記得有一晚　悄悄登上三樓頂的露天陽台
那是一年的最後一天　獨自一人在上面跨年
這棟渡我十六個年頭的三樓建物　它就是高智

- 紅綠相間　方圓並濟它好像會呼吸　酷似有生命的個體
  圓形草皮　是微拱形的　是我一再提起　小黃花的根據地
- 蔣紹良大師　依最小空間　最經濟手法　編織最巧妙構思
- 國書校長　懂得忠於原著　懂得重視　突顯　美化它的存在

不敢張揚的你

側首與側目
幾乎同時發作
窺探與窺看
似乎同心協力

不敢張揚的你
只在暗地裡—
悄悄擴充了視角

2007/10/30

註：你（殘月）—
於高智8字型天井

久違的故知

立冬的第一個清早
又逢　久違的　故知
與陽光　互補彼此的色澤
和氣溫　分享涼爽的氣氛
把週遭　零散的美好　匯聚
繼而　有條理地　散播出去

2007/11/8

註：高智 8 字型天井內
　又開始綻放小黃花
註：小黃花被割草機輾平之後
　必須隔很久才會再度長成

宜人的氣候

涼涼的氣溫
進出於　不上不下的袖口

伸出　已就緒的手臂
打理　來到眼前的從前

鬆綁的前嫌　與宜人的氣候
同時　矗立在時間的最前線

2007/11/17

註：有宜人的氣候相伴
　得以　盡釋　前嫌—
註：曾與某位同事吵過架
　不是和對方和解
是和自己和解

南臺灣的冬

倉促路過——
被心情嫁禍的小巷
受壓榨的分秒
儘管不屑抬頭
卻也不曾失手

所幸——
南臺灣的冬令
有撩人的氣候
得以粉飾——
趕路的倉促

2007/11/21

註：上班時間溜出去辦事
　心情緊張　趕路倉促

足夠的寒意

足夠的寒意
徒增了夜的收支

不受到阻撓的黑
不會被干擾的暗
於寬敞的空洞中
得到充分的尊重

讓那盞　不敢昂揚的燈火
增長了自信　抬高了自我

並讓安於現狀的孤芳
不致被外來的衝擊蒙蔽

2007/11/29

註：晚間在學校教室　向來只開一盞小檯燈
　　不想破壞暗的氣氛　不想張揚我的存在

斗室裡的空間

等不及的傍晚
引來了過量的灰暗

沒有讓肌膚豎起的冷冽
卻有讓心頭抖擻的寒意

斗室裏的空間
發揮罕有的自主權
不倚傍被晨曦暖過的欄杆

2007/12/9

註：斗室（學校教室）
有些冷不想跨出教室
倚傍天井欄杆看夜景
附：十幾年前　冬天是很有原則的
不像現在那麼隨和　那麼溫暖

跨年

幾度　躊躇
並無延誤時光進度

藉一處　相對高度
面向跨年的局部容顏

先簡單介紹自己
再聽取全套的春夏秋冬

說興奮　不太合身
伴一曲　時間之河”
遁入　由數字領航的隊伍

2008/1/1

註：於高智三樓頂
的露天陽台——

元月深冬

從交集到重疊
由淡泊至濃烈
居間—
並無蠱惑—
周遭的是非善惡

頂多—
順手翻動
來自元月深冬
朝陽的橘紅

2008/1/12

註：教室後陽台種了一盆水仙
水仙花的香味時濃時淡
由元月朝陽所培育

在這種日子

一撮既侷促又膽怯的綠
擁有最耐人尋味的姿態

就算多看它幾眼
不會超出或低於
這份投射與寄託

在這種日子裡
特別是清晨—
所見所聞　尤其養身
所作所為　豈可不軌

2008/1/19

註：晨間於高智校園

年初

遭年初的氣氛鼓舞
邁向由下而上的時光走廊

部份因荒廢而蓬勃
部份遭遺忘而復甦
部份拜夜色與氣候助長
徒長也延長了原先空間

搖搖晃晃　繞了一圈
聳聳肩頭　似乎有所抖落

2008/1/25

註：來到昔日作息的園地
（原先在三樓教室—
後來換到二樓教室）

第九章　桂花香

- 看到這個太極圖不免令我懷疑：它難道具有特異能力？否則我為何會迷上 8 字型天井？
- 打從來到高智開始從事文字創作不論晝夜都想靠近它退休離開之後也就隨著封筆了)

高智教室走廊　從一樓到三樓　都一樣寬敞

都可環繞天井一周　連風兒都喜歡來此遊蕩嬉戲

每當在廊上行走　衣襟裙襬　常有被風兒翻動的感覺

桂花香

是造物對建物的讓步
一處不必送往迎來的門戶

忽地　颳起一陣　有恃無恐的冷風
還殃及　可拿來美白的　陽光姿彩

託得今朝　風光明媚
拾掇一朵　由泥地引薦的粉色落英
啜取一口　由早春推舉的桂花香氛

2008/2/19

註：門戶—
　高智西側　有個沒有門框
　也沒有門扉的側門，門前—
　有幾棵桂花樹及一排豔紫荊

限時限量

理想的狀態
莫過於此時此刻

容易提起
也可輕鬆放下

無意——
溫故知新
比較喜歡——
限時限量的單元

2008/2/21

註：於高智校園

相較於昨日

動用了—
鮮少不去消費的抉擇
左右了—
長久不去評比的滋味

相較於昨日
依樣是面東方向
只是多了—
將信仰併入前進的速度
將信念導入昂首的弧度

2008/2/22

註：為了察看 8 字型天井的小黃花
刻意扭轉每天上班固守的路線

捨我其誰

要說花團錦簇
不算誇大其辭
徒長於時空縫隙
茁壯於節令交替

如若從旁路過
不宜大搖大擺
那是在地原住民
放眼天下的窗口

不侈言　未卜的明日
且看當下　捨我其誰

2008/2/22

註：原住民（8字型天井的小黃花）
已成就一片　花團錦簇的小天地
幾隻小粉蝶　居間忙得不可開交
（隔天被割草機全然撫平）

不曾到過鏡前

三月
把備妥的一切
有條不紊逐一動員

那個知己知彼的素人
不曾到過鏡前
或掉入萬紫千紅的社交圈
只圖圓滿一次
被付予的任務

2008/3/12

註：素人（一盆盛開的石斛）被我養在教室
為了選一處最美的擺放角度　被我移來移去
對自己的美貌　蘭花不選擇介入　任憑擺佈

窗外的常軌

順勢汲取—
幾口深邃的鼻息
適時消弭—
隨心所欲的嘆氣

經夜間冷卻過的是非對錯
再而接受三月朝陽的勸說
於是
又返回
窗外的常軌

2008/3/16

註：人際間　充斥著　是是非非
窗口外的綠意卻那麼美麗
（於高智二樓教室）

春日的風

春日的風　心頭沉重
得背負　眾多的包袱

譬若
令臉頰上的髮絲
得以掰開
各種角度的舞步

譬若
令身軀上的衣裙
得以揚起
恰到好處的高度

2008/3/20

註：於高智二樓走廊——
走廊可繞 8 字型天井一圈
玄關處常有陣陣清風吹送

今年的清明

今年的清明
必須遷移它的老巢
與兒童節　平均分擔　當日開支

闊別千年
依樣經得起考驗
在嚴選的假期中　佔有個席次

今晨——
樓閣的空氣　可拿來加工
從短淺的鼻息　到悠然的長噓

今朝——
樓閣的時光　可用來雕塑
從一年一度　到稍縱即逝

2008/4/4

註：樓閣（學校教室）

一年一度

一年一度
是四月的固執
是晚春的堅持

我們的彼此　近在咫尺
樓台　是客串的地主

每一日　如一日
不角逐　三百六十五

我們的彼此　限於樓台咫尺
縱然　這兩天　曾一度陷入迷思

2008/4/15

註：我們（與一盆栽）
　樓台（教室後陽台）

春的行情

不必再多方進帳的春
憑仗　最後一個節氣
全面調漲　穀雨的交易

少了春風招呼
草叢裏的原住
已擬妥　應變措施

躲在後院　日日嬉春的你
看來已算準　立夏的脾氣

即便　春的行情　已跌停
頂多是　有點悶　有點睏

2008/4/22

註：穀雨（春的最後一個節氣）
　　你（8字型天井的小黃花）

第十章　夜生活

位於高智後院的桃花心木 看來常被國書校長修理

國書校長應該不是嫌棄它 否則怎麼會為它拍特寫

右邊這棵枝葉茂密的大樹　是我再三提起的玉蘭
深知你對我提攜最多　當時我們常在校園裡碰頭
晚間當我上此樓梯時　一襲香氣常在樓梯口等我

夜生活

透過被黑色同化
與暗共和的老花
撞見被黑暗彩繪
後陽台的夜生活

近在一旁的時間
寧可採取 姑息
不願 強人所難

近水樓台的迷思
不願 面對現實
寧可迷信 但願

2008/4/23

註：晚間 教室後陽台沒有光害
加上 後陽台有棵高大樟樹
後陽台的夜生活 多采多姿

到處串門子

更替的新綠
讓俯仰的習慣性動作
多了機械性以外的收穫

挑起了　潛伏於色彩間的眼線
擴充了　川流在眉目間的律動

被綠接濟後的空氣
又可到處串門子

2008/4/23

註：新綠——
高智校園內
有幾棵桃花心木

捨不得感觸

僭越　睹與賭的圍堵
所到之處　無不遍佈
持續兩日的　捨不得感觸

不蹉跎
也不刻意捕捉
由臉頰測出的溫度
由髮絲驗出的密度

放眼的深度
昂首的弧度
回顧的角度
形形色色—
不牽扯喜怒哀樂

2008/4/25

註：連續兩日　出現難得一見
瀰漫的霧（晨間於高智）

夜黑風高

趁著夜黑風高
四月—
把名下所屬的一切
讓渡給—
一秒不多要的五月

沒有驚擾—
掉落滿地的花絮
但憑一縷—
若隱若現的清芬
把不穩定的瞬間
化作悠悠的成全

2008/5/1

註：高智有一棵高挑
動輒開花的玉蘭

獨來獨往

乍見—
有條件的自戀
驚豔與驚嘆
姑且不分彼此面目

更愛—
因自愛而自信
因自信而自在的獨來獨往

2008/5/8

註：獨來獨往（上弦月）
於高智停車場—

時時刻刻

挪用一些—
已備妥的喜悅
回應一眼—
曾貫徹心頭的色澤

憑一口—
逃不出心跳節奏的氣息
寄情於—
春夏秋冬的起起落落
擠身於—
三百六十五的時時刻刻

2008/5/19

註：又見 8 字型天井
的淡黃色小野花

初夏

逆著　不須摩擦力的陣風
倚近　不必向心力的欄杆

尚未擺脫羞澀的初夏
沿襲傳統的晴時多雲

由天空　經手的天氣
保守的好意　多過保留的懷疑

作了幾次　美容情緒的深呼吸
暗自消除了　尚未出手的言語

2008/5/21

註：於8字型天井的天橋

任重道遠的五月

巧遇一襲　自給自足的地形風
隨意把萎縮的想像　拋入空中

與一撮
不合群的雲朵
交換了些許
自圓其說的生活心得

任重道遠的五月
把部分機密
洩漏給唯我獨尊的夜
並同時壯大了黑

2008/5/27

註：晚間於 8 字型天井

本土的舞者

難得遇見—
多餘的悠閒
得以消費—
劃地自限以內的時間

先調解—
寧靜與平靜的家務事
再把燈盞下的主權
讓給一名本土的舞者

2008/5/30

註：舞者（一隻飛蚊）
晚間於二樓教室

更上層樓

秉持——
不涉及往日情懷　的清白
天空亮出　不計酬勞的灰

已奠定程序的一日之計
徒增了額外的無傷大雅

且把更上層樓的　當下所得
歸給　今朝臨時搭蓋的舞台

2008/6/27

註：重臨舊地（高智三樓）
十幾年來一直在三樓教室
兩年前　換到二樓教室

第十一章　興風作浪

悶熱的夜晚　獨自登上三樓頂的露天陽台

昂首昊天長空　俯瞰 8 字型天井　俯仰之間

暑熱已靠邊　取而代之的是　取悅視覺的饗宴

感覺上　桃花心木並不在乎葉子多寡

重要的是　根基要打穩　枝幹要高人一等

葉子濃密　那是遲早的事　何必急於一時

興風作浪

暑熱不得退貨
只好見風轉舵

突破 一線之隔
來到 會讓靈魂出殼的險要

登臨一處 可馮虛御風的磐石
籌措一場 無抱負的興風作浪

2008/7/5

註：晚間 於高智四樓—
(三樓頂的露天陽台)
前頭就是 8 字型天井

太平盛世

水患剛過　月兒馬上接手
與　門當戶對的木星
共同打理　已擱置數日的天空業務

一撮　不爭功　不攬過的雲朵
乃兩顆星斗間的唯一第三者

三者間的天作之合
又是一幕　速成的太平盛世

2008/7/19

註：輕颱過境　帶來豐沛雨量
　釀成 7/18 有死有傷的災情
　大地舉喪未畢　天空卻一片祥和
　(天空很清澈　月光很皎潔)
(於高智附近的路邊公園)

不虛此生

從偶然到不擇手段
有進化完全的機緣相連
品嚐過　秋分前後的朝陽
啜飲過　少量多餐的水珠
末了
由一束星芒　帶路
圓滿了　不虛此生

2008/9/24

註：教室後陽台—
　的磁磚壁上　迸出一株小綠芽
　即使每天為它澆水　還是活不久
　匆匆了結　與天地間的一段因緣

朝朝暮暮

曾幾度—
讓朝陽措手不及
進出的次數
不下於來往的熱度
一再坐失的
再不是朝朝暮暮
與心情妥協的
再不是明天或後天

2009/1/11

註：於教室後陽台
種了一盆水仙

白忙一場

除了　連夜的風
還策動　庫存有限的冷靜

從　順道的匆匆一瞥
到　刻意的登高遠眺

從　昨日的不巧
到　今朝的不料

莫不都是
白忙一場

2009/3/15

註：天井裡的小黃花
又被割除了

只要你會快樂

係為—
嫣紅豔紅的果敢放縱
誠屬—
突圍而出的冒然一賭
它說—
我會讓你以我為榮
我說—
只要你會快樂

2009/3/17

註：它說（岩桶花說） 我說（時間說）
註：因緣際會下開始在教室養花
以下所有篇幅的花朵與盆栽
都種在 教室窗檯 與後陽台

與午夜有約

先向一己的習癖低頭
接而打理與午夜有約
：自從姿態
被擺高之後
淡雅的清芬
撞見　濃郁的時辰
想靜止的衝動
箝制　欲逃離的穩重
傾其所有
碰上　不作保留
有話要說
對上　無力消受
。

2009/3/27

註：午夜　將一盆花移到高處

那個約

還是必須了卻
那個約

把必須修習的
逐一翻越

回報—
對一身的恩寵
回敬—
對一己的放縱

2009/4/1

註：半夜　翻越學校圍牆
　　到教室　看花苞綻放
附：養在教室的蘭花逐次綻開　心想—
　　就快退休了　何妨顛覆以往的習慣
（以往晚間八點到校　十點前離開）

春的漩渦

些許 被誘捕的時間 捲入
繼而 不負責善後的光陰 掠過

有心 無意
掉進 春的漩渦

激起了 靜謐的漣漪
闖出了 緘默的盪漾
瀰漫了 呼之欲出的斗室

2009/3/20

註：一朵花凋謝了
(3/20春分)

何嘗卻步

何嘗卻步
是全盤掉入

係為　春宵本性
實為　江山本色

由紅粉
到暗沉
鬧著
纏綿的糾紛

2009/3/22

註：晚間　開了兩朵—
不同紅色層次的花

第十二章　春的習俗

天不怎麼藍　白雲稀疏不成朵　綠葉成撮不夠多

房子是白色　不怎麼搶鏡頭　也算是不錯的組合

晚間　藉燈光填妥方形空隔
順勢填寫　留給圍牆的空缺
順手照料　周邊的圓形線條
其它的歸給　無所不在的黑

春的習俗

無不加入 進香隊伍
莫不徹底 自我抬舉

彷彿是回饋 更像是回歸
回饋也回歸 如一日的癡

藉助 恰到好處的放肆
響應 春的習俗

2009/4/2

註：被我照顧終年的檀香石斛
(同事的 在共用的後陽台)
於 3/23 晚間同步開了九朵
去年開三朵（幾乎沒照顧）

最後一次服從

沒有涉及天時地利
悄悄加入——
今夜最末一班列車

藉　已羽化的一息奄奄
退去與今生有約的　鍵
圓融——
最後一次服從

2009/4/6

註：一朵花凋謝了

出乎意料

有得自午夜的深邃
有四月的朝陽作保

在無禁忌的色彩上搬弄
在無邊際的程序上演練

沒有超出　出乎意料
只有顛覆　圍牆高度

2009/4/9

註：三棵綻開的向日葵
（種在教室後陽台）

紅的天書

避開陽光—
從背後數落
還是端到暗處
讓燈光來定奪

〃紅〃的天書
最適合　由花朵　來研讀

像個綠色小巨人
扛著紅色大包袱
從此　海角天涯　瀾漫一生

2009/4/12

註：開了一朵大紅花的盆栽
（岩桶花的葉子很大）

目中無人

姑且將你
移到跟前

我 不比你孤獨
縱然你 堪稱花團錦簇
放眼左右 你難辭一枝獨秀

我 擺脫不了 眼前的時間
去除不掉 對你的糾纏依戀

不像你
目中無人
孤獨傲物

2009/4/13

註：你（一株盛開蘭花）

含情默默

把含蓄　化作具體
繫於　不為誰停留的來去裏
由　淡紫到暗紅　鵝黃到墨綠
無一　不為這份矜持　而效力
該帶的　無不傾其所有
該有的　無不盡其所能
不少於　萬紫千紅
不多出　含情默默

2009/4/17

註：一株由含苞—
到綻放的蘭花

自我實現

雖不見　爭先恐後
卻也　不講究讓賢
或礙於　毛遂自薦

於是乎
關於生存的我在我思
無不揮灑到極致

於是乎
關於角色的扮演
沒有一個不自我實現

2009/4/25

註：一盆檀香石斛（蘭花）
同時綻開了數十朵花

不可能的任務

想追一程
看不到盡頭的至善

欲求一幕
不可能成就的任務

於是　不計較　瑣瑣碎碎
因之　不在乎　反反覆覆

2009/4/25

註：與一盆蘭花的事

不在乎

縱使　不滿一甲子
也翻過　世紀峰頂
值偶然　碰上巧合
面對面　先握過手
我　豁出　第一次
你　拋出　不在乎

2009/4/26

註：你（牡丹花）
　活了半百歲數
　頭一次見牡丹花
附：與幾位同僚一起聚餐
　於麗尊酒店見到牡丹

初次相約

搬不出—
該有的禮俗

是你．向來 超然物外
抑或我的居心出了問題

也許—
委託朝陽薦舉
附帶滿面春風
即可了結 初次相約

2009/4/28

註：你（一朵罕見蘭花）

第十三章　虛虛實實

最鍾情四根彩柱上的拱形天橋　回想以前天天在上面
穿梭流連　霍金說：「唯有時間能證明一切」
證明十年後的我　已判若兩人
證明十年後的天橋　依樣能迷亂我的心

這是樟樹　都市的樟樹　向來長得不好

當枯枝被鋸掉之後　又長出美麗新葉子

國書校長很細心　連一根枯枝都不放過

虛虛實實

無非是
一次次　反反覆覆
曾點綴
一些些　瑣瑣碎碎
曾闖出
一絲絲　恍恍惚惚
曾辜負
一幕幕　虛虛實實

2009/4/30

註：開在四月的蘭花　形形色色
曾一次次　在它們跟前徘徊

風尚未開工

辰時剛過
風　尚未開工

你—
憑藉與生俱來的天職
不須要　見風轉舵

我—
秉持灰姑娘的信仰
在門裡門外穿梭開來

你我—
沒有消費昂貴的巧合
只有默默地擦身而過

2009/5/6

註：你（一盆盛開的石斛）

三更半夜

不慎　誤入歧途
再上路　已由黃昏　邁入凌晨
眼下的　遠的近的　關係依舊

與自我的連結
多了　夜涼的冷卻
另又加入—
顯得退卻的三更半夜

2009/5/7

註：太累不慎睡著　醒來已凌晨
　　心想與教室的蘭花有約
　　還是得前去赴約⋯

芝麻綠豆

是朝陽　突發奇想
不能算　意外發現

些許　忠於原著
部份　仰賴事實

但憑　一絲線索
外加　一點成全

足以圓滿
了不得的芝麻綠豆

2009/5/9

註：經朝陽刻意成全
　兩朵蘭花的投影
活像　兩隻蝴蝶

守時不爽

這一次　擇取
背對著　看你
也許比較不會殃及
依附在焦點裏的距離
豈知　卻進一步　掉入
屬於你　韜光養晦的作息
自知　掏不出　足以襯托
你那　守時不爽　的到訪

2009/5/13

註：與一盆蘭花

五月的天

五月的天　陰晴不定
時而雀躍　時而寡言

今朝的陽光　略帶陰鬱
與大地的關係　稍有嫌隙
較適合　與憂柔併列的脆弱

尤其適合——
那朵　把色彩　階級化的紅花
有幾度　忍不住　想被它同化

2009/5/17

註：它（岩桶花）

若無其事

自缺乏盡頭的彼端浮現
從日夜的模糊地帶登陸

曾和　不知不覺　照過面
另與　若隱若現　擦過肩

行駛了—
若無其事的庸庸碌碌

2009/5/21

註：與一盆花的因緣

窗口下

屬於窗口下的那一段
絕非當局者迷的虛幻

曾擁有—
歷歷在目的晨昏無數

我　告個段落
你　即將遠行
沒有遷就　窗口下的保留

2009/5/21

註：你（蘭花）
　種在教室裡的蘭花
　我一概養在東邊窗口下
　想想　我就要退休了
　對它們勢必要有所規劃

作了一樁買賣

不曾作出建樹
單為故步自封的小事忙碌

為門外的後陽台
作了　一樁　買賣

買下一夜　經它淨空的天空
承租一宿　拜它疏通的夜涼

2009/5/22

註：它（三個盆栽）

從此以後

沒有依循慣例
這次有別於往昔

於午後—
被一截　氣流　洗劫

於午夜—
遭一記　嘆息　蒙蔽

不委託　他山之石
想雇用　從此以後

2009/5/23

註：退休前的心境

第十四章　窗口外的蟲鳴

這是樟樹　當枯枝被鋸掉之後　老枝幹又長出
新葉子　這一來　最佔便宜的　就是藍天白雲了
國書校長不但幫助了樟樹　同時也幫助了上帝

這是高智的後花園

這裡的空氣　肯定不會憂鬱

窗口外的蟲鳴

窗口外的蟲鳴
節奏變得分外緊湊

壁上掛鐘　再不麻木
全面投入　倒數計時

滴答半世紀
卻無可追憶

2009/5/24

註：退休前的心情

今年的端午

今年的端午
天氣取得主導權
雨滴見機行事
不隨便發言

墨守在窗口下的你
憑一次　簡潔有力的換氣
了卻　與今生有約的糾結

即便　被判離
觸地　硬是不得大意
一則　無關端午禮俗的遐思

2009/5/28

註：一朵花凋謝落地——
聽到它觸地的聲音

夢鄉

有間歇性脆弱
有矛盾性退縮

躲過　為何奈何
掠過　何苦何樂

以緘默粉飾沉默
以沉思敷衍心思

且把　漫漫矜持
攜入　恢恢夢鄉

2009/5/29

註：退休前的心情

一朵紅花

朝陽不曾退縮
及時為大地補貨
朝氣　以口計
全面不得議價
其副產品
被一朵紅花吞噬

2009/5/30

註：一朵岩桶花——
沐浴在朝陽裏

良禽擇木

經　雲朵　促成
被一撮悠閒的天認養

涉世不深
未被寒暑盯上

雖說眾目睽睽　卻也視而不覺
已悄悄來到　良禽擇木的高度

2009/6/1

註：高智西側校園內（邊陲地帶）
有一棵被我認養照料的樹苗
不但長得神速　還開了數朵花
幾度　見一隻白頭翁　停在枝條上

附：一年後（我已退休）的某個週日
見已被砍除　本以為大家對它視而不覺

共襄盛舉

幾趟——
柳暗花明的迂迴　穿插
幾個——
成人之美的日子　陪襯
幾度——
樂在其中的晝夜　依附
周遭氣息——
無不　共襄盛舉

2009/6/3

註：一個盆栽　抽出——
一支獨秀的花朵

有所不爲的夜涼

有所不為的夜涼
不必替白晝善後

祇掩護—
邊探索　邊校正　的法則

祇照料—
與黑同行　與夜同路　的夥伴

2009/6/4

註：夥伴（一朵花苞）
花苞多半趁夜間綻放

在地的圓

渾噩間
窺見　夜的活力
託　半世紀的福
首度　任情愫自主
閱過一片　原生的光
覽過一幕　在地的圓

2009/6/7

註：凌晨丑時見一輪明月
於高智附近路邊公園

我行我素

若要實現夢想
只要登上身段高度

祇當邁出　那個腳步
即可　我行我素

也能暗渡　獨來獨往　偶發的徬徨
抑或填補　單槍匹馬　突感的無助

2009/6/7

註：連日來（凌晨以後）於北邊矮天
　見一閃亮巨星（整個天宇唯一的星仔）
　坐在高智圍牆上觀賞　特別感覺舒暢⋯

昨夜

昨夜　霪雨紛飛
今朝　豔陽高照

來不及因應的心境
還裹著夜色的陰影

且把參差不齊的心情
推給照單全收的脈搏

2009/6/14

註：退休前的心情

第十五章　美化一個念頭

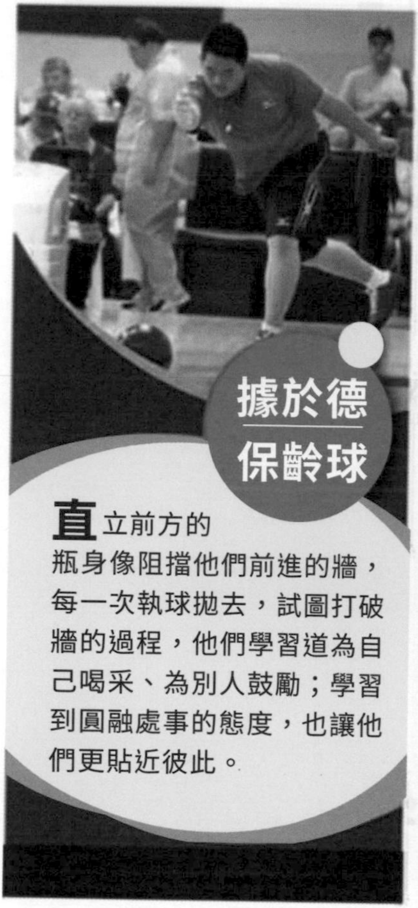
據於德
保齡球
直立前方的
瓶身像阻擋他們前進的牆，
每一次執球拋去，試圖打破
牆的過程，他們學習道為自
己喝采、為別人鼓勵；學習
到圓融處事的態度，也讓他
們更貼近彼此。

依於仁
滾 球
努力的讓自
己的色球接近白球，是一
種戰術，瞄準己方的色球
使其朝白球滾進，也是另
一種戰術，擲球貼近白球
的同時，也帶領夥伴一同
邁進。

這 兩 幅 圖　就 貼 在　8　字 型 天 井 正 中 央 的 兩 根 大 柱 子 上　文 字 內 容　是 高 智 現 任 教 師 徐 嘉 澤 老 師 寫 的 。高 智 的 孩 子　在 運 動 上　有 時 勝 過 正 常 人　因 為 他 們 沒 有 得 失 心　因 為 他 們 心 無 雜 念

志於道
直排輪
那群馳風的
少年無所畏地在跑道上奔馳，你憂心他們會跌倒、你以為他們會哭會害怕、你認為他們需要你的一臂之力，你還在擔心，他們已經笑著往未來奔去。

遊於藝
舞 獅
哪來的震耳
鼓聲、又是誰高舉雙手?怎麼有獅子咬尾舔腳、續換掏耳翻滾把戲?原來是高智健兒，在此祥獅獻瑞。

這兩幅圖 與前面兩幅一樣 就貼在 8 字型天井正中央的兩根大柱子上。高智的孩子 有兩個隊伍很有名 一者舞獅：迎嘉賓 或出外表演 深獲好評 一者直排輪：參加殘障奧運獲得很多獎項

美化一個念頭

買通幾個日子
美化一個念頭

分秒　戰戰兢兢
氣流　進進出出
光影　起起落落
為要　共襄盛舉

心跳節奏降了半拍
為一座紀念碑剪綵

2009/6/27

註：即將退休　花了——
幾天時間為後人鋪路

仲夏夜的叮嚀

扶正　怯懦的腳步
凝聽　仲夏夜的叮嚀

退去　孤獨的制服
披掛　子夜後的夜色

把　消化不完全的珍惜
託給　不會退貨的視力

2009/6/28

註：凌晨　於高智　8 字型天井
見兩顆同時出現的一等星

前行

是挑戰—
最後一道圍堵
或墜入—
另外一齣錯誤
怯步
豈有退路
前行
焉有庇護

2009/6/28

註：突破含苞待放的花朵

仲夏的最末一夜

天庭擴大了編制
引來了眾多親友

仲夏的最末一夜
在眾星雲集下登場

風塵僕僕的六月
沒有向當晚的子夜囉嗦

2009/6/30

註：6/30 夜（於 8 字型天井）
天空一塵不染　呈現—
大都會罕見的滿天星斗
附：當時的天空　比較乾淨
不像現在　動輒空污嚴重

須要度日的日子

將滿天污濁　獨攬的雲朵
在夜的屏障下　休憩

橢圓的月　以　為數有限的皎潔
貫徹　與烏雲之間　無垠的默契

有　雲和月　背書
難不倒　須要度日的日子

2009/7/5

註：學校隔壁的汽車旅館
砍下了堆積如山的樹
為此等行為遺憾難過

隨時隨地

總是擺脫不掉
你那隨時隨地的專利
不見停止　探頭探腦
不曾錯過　拈花惹草

不如—
養一株草
開一朵花
將你圍繞

2009/7/9

註：你（時間）

不厭其煩

不厭其煩
看上貪得無厭

你　把多餘的拋出
我　卻怎麼也搬不完

我　始終參不透
你　丁點的隨緣

2009/7/12

註：來來回回　斷斷續續　前去—
看一株花　奈何它百看不厭

註：聽說—
陽光有各種不同的顏色
花朵把需要的顏色吸收
把不需要的顏色釋出
如果它不需要的是紅光
我們就會看到紅色花朵

七月的風

奔走
伴著七月的風

今日的風
欲把　隨風飄的緣與圓　並列

差強人意後
鐘點　已自動跳過　好幾個瞬間

2009/7/14

註：緣與圓——
緣（來到高智）
圓（離開高智）
差強人意——
（已辦妥退休手續）

單飛

今朝—
由時辰主導
附和的朝陽含著怯步的光
陣風　敲著邊鼓　尾隨其後
首度　要遠行
已嗅出　單飛滋味
羽翼　尚未豐盈
如何裝卸　沿途的風

2009/7/15

註：早上八點半
　　與人事有約—
　　簽名領取退休證

翁銘宏攝於 『大葉楠植物園』

翁銘宏攝於 『大葉楠植物園』

翁銘宏攝於『大葉楠植物園』

翁銘宏攝於 『大葉楠植物園』

翁銘宏攝於『大葉楠植物園』

翁銘宏攝於『大葉楠植物園』

翁銘宏攝於 『大葉楠植物園』

翁銘宏攝於 『大葉楠植物園』

王淑棉

民國四十七年四月十六日生
高雄市立高雄啟智學校退休教師

退休後回娘家照顧雙親
至今滿十年雙親年紀相同已九十歲
母親身體狀況差長年把屎把尿
一切親手照料沒請外勞

還好有月退雖然一再被砍
因為沒請外勞省吃儉用還過得去
感謝政府德政讓我有能力、有時間照顧雙親
感謝蒼天賜福讓我身心健康有機會照顧雙親

佛說：不要存過去心、現在心、未來心
擁有一甲子年紀算是賺到的謝天謝地

大葉楠新詩選集　二

大葉楠新詩選集. 二 / 王淑棉作. -- 初版. --
高雄市 : 丕績尼尼, 2019.07
面;　公分
ISBN 978-986-97901-0-9(平裝)

863.51　　108008901

書名：大葉楠新詩選集（二）
出版：丕績尼尼有限公司
作者：王淑棉
地址：80048 高雄市新興區民族二路 13 號 4F-1
電話：07 2226422　　0953882900
ISBN：978-986-97901-0-9 （平裝）
封面：黃瑾瑜
照片：黃國書、翁銘宏
丕績尼尼有限公司出版：www.pgnini.org
更多詩集資訊請上：book.pgnini.org/poem2

出版日期：2019 年 7 月　初版
定價：280 元

P G N I N I